# JORGE Y MARTA

*escrito e ilustrado por* JAMES MARSHALL
*traducido por* YANITZIA CANETTI

JORGE Y MARTA

HOUGHTON MIFFLIN COMPANY BOSTON

Para George y Cecille

Library of Congress Catalog Card Number: 74-184250
English RNF ISBN 0-395-16619-5  English PAP ISBN 0-395-19972-7
Spanish RNF ISBN 0-618-05075-2  Spanish PAP ISBN 0-618-05076-0

Printed in the United States of America
WOZ  10 9 8 7 6 5 4 3 2 1

Cinco cuentos sobre dos grandes amigos

~

Cuento número uno

Sopa de chícharos

Marta era muy aficionada a hacer sopa de chícharos. A veces la hacía todo el día. Ollas y ollas de sopa de chícharos.

Si había algo a lo que Jorge *no* era aficionado, era a la sopa de chícharos. La verdad era que Jorge detestaba la sopa de chícharos más que ninguna otra cosa en el mundo. Pero era demasiado difícil decírselo a Marta.

Un día, después de haberse tomado diez tazones de la sopa de Marta, Jorge se dijo a sí mismo: —Ya no puedo soportar otro tazón más. Ni siquiera otra cucharada.

Así es que, mientras Marta estaba en la cocina, Jorge echó cuidadosamente el resto de su sopa dentro de sus mocasines, que estaban debajo de la mesa. —Ahora ella pensará que me la he tomado.

Pero Marta estaba viéndolo desde la cocina.

—¿Cómo piensas caminar por la casa con tus mocasines llenos de sopa de chícharos?
—le preguntó a Jorge.

—Ay, amiga —dijo Jorge—, me pillaste.

—¿Y por qué no me dijiste que no te gustaba mi sopa de chícharos?

—No quería herir tus sentimientos —dijo Jorge.

—¡Qué tontería! —dijo Marta—. Los amigos deben decirse siempre la verdad.
En realidad, a mí tampoco me gusta mucho la sopa de chícharos. Sólo me gusta hacerla.
De ahora en adelante, no tendrás que tomarte esa espantosa sopa nunca más.

—¡Qué alivio! —suspiró Jorge.

—¿Te gustarían entonces algunas galletitas de chocolate? —preguntó Marta.

—Oh, eso sería estupendo —dijo Jorge.

—Pues entonces pruébalas —dijo su amiga.

# Cuento Número Dos

## La máquina voladora

—¡Yo voy a ser el primero de mi especie en volar! —dijo Jorge.

—¿Por qué no estás volando entonces? —preguntó Marta—. A mí me parece que aún estás en el suelo.

—Tienes razón —dijo Jorge—. No me parece estar volando a ninguna parte.

—Tal vez el canasto es demasiado pesado —dijo Marta.

—Sí —dijo Jorge—. Creo que tienes razón otra vez.
Tal vez si yo salto afuera, el canasto estará más ligero.

—¡Ay, amiga! —lloró Jorge—. ¿Qué he hecho?
¡Se va mi máquina voladora!

—Qué importa —dijo Marta—. Así puedo tenerte
aquí abajo conmigo.

La Tina

# Cuento número tres

A Jorge le encantaba fisgonear por las ventanas.

Un día Jorge espió a Marta desde la ventana.

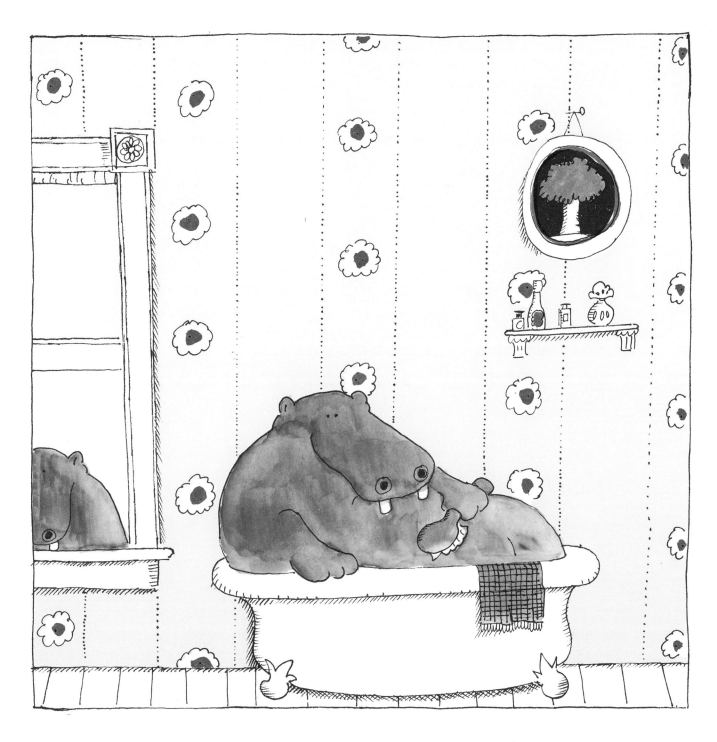

Él nunca lo volvió a hacer.

—Somos amigos —dijo Marta—. ¡Pero hay algo que se llama privacidad!

# Cuento número cuatro

# El espejo

—¡Cómo me gusta mirarme en el espejo! —dijo Marta.

Cada vez que tenía una oportunidad, Marta se miraba en el espejo.

A veces Marta se levantaba, incluso por las noches, para mirarse.

—¡Qué divertido es esto! —se reía.

Pero Jorge se estaba cansando de ver a Marta mirarse en el espejo.

Un día Jorge pegó en el espejo un chistoso retrato de Marta que él mismo había dibujado.

Qué susto se dio Marta. —¡Ay, amigo! —lloró ella—. ¿Qué me ha pasado?

—Eso te pasa por mirarte tanto en el espejo —dijo Jorge.

—Entonces no volveré a hacerlo nunca —dijo Marta.

Y dejó de hacerlo.

# EL
# ÚLTIMO
# CUENTO

# EL DIENTE

Un día en que Jorge estaba patinando hacia la casa de Marta, tropezó y se cayó. Y se rompió el diente derecho de arriba. Para colmo era su diente favorito.

Al llegar a casa de Marta, Jorge se puso a llorar a lágrima suelta.

—¡Pobre de mí! —lloraba—. ¡Luzco muy chistoso sin mi diente favorito!

—Ya…ya… —lo consolaba Marta.

Al día siguiente, Jorge fue al dentista. El dentista reemplazó
el diente que le faltaba a Jorge con un hermoso diente de oro.

Cuando Marta vio el nuevo diente de oro de Jorge, se puso muy contenta.

—¡Jorge! —exclamó—. ¡Luces muy atractivo y distinguido con tu nuevo diente!

Y Jorge también se alegró. —Para eso son los amigos —dijo él—. Siempre miran el lado bueno y siempre saben cómo animarte.

—Pero además te dicen la verdad —dijo Marta con una sonrisa.